LETTRES

D'UN VIEUX PAYSAN

RÉPUBLICAIN

Par JACQUILLOU

N° 1

PRIX : **10** CENTIMES

PARIS

IMPRIMERIE C. PARISET

101, RUE DE RICHELIEU, 101

1885

LETTRES

D'UN VIEUX PAYSAN

RÉPUBLICAIN

Par JACQUILLOU

Nº 1

PRIX : 10 CENTIMES

PARIS

IMPRIMERIE C. PARISET

101, RUE DE RICHELIEU, 101

1885

LETTRES

D'UN

VIEUX PAYSAN RÉPUBLICAIN

PREMIÈRE PARTIE

A propos de l'élection du 15 Février.

J'apprends que certains personnages prétendent me rendre responsable de la défaite du parti républicain aux élections du 15 février. J'ai horreur des situations équivoques et je vais m'expliquer nettement.

*
* *

En soutenant la candidature de M. Périvier, en combattant celle de M. Salomon, j'ai usé d'un droit légitime,

Délégué par le Conseil de ma commune, pour nommer un sénateur républicain, je devais naturellement choisir un candidat qui fut autant que possible en communauté d'opinion avec moi.

M. Salomon a contribué à la chute de Gam

betta, pour lequel j'éprouvais une amitié et une admiration profondes. Il s'est montré l'adversaire passionné du scrutin de liste, dont je suis le partisan convaincu. C'en était assez pour que je n'accordasse mon suffrage à M. Salomon qu'à la dernière extrémité et à l'exclusion de toute autre candidature républicaine, c'est-à-dire au second tour de scrutin.

J'ai donc voté, au premier tour, pour M. Périvier, et les deux voix que celui-ci a obtenues sont celles de mon père et la mienne.

Quoiqu'en puissent penser certaines personnes qui, avant de porter des jugements téméraires feraient bien d'étudier un peu les choses dont ils parlent, *je ne pouvais, en agissant ainsi, compromettre en aucune façon le succès du parti républicain.*

Les élections récentes ont mis en lumière cette vérité, désormais incontestable, que, pour les élections sénatoriales, le choix d'un candidat unique en réunion préparatoire offre de graves inconvénients, que les candidatures multiples n'en présentent aucun.

Je m'explique.

*
* **

La réunion préparatoire, quand elle a pour objet non seulement d'entendre les programmes des candidats et de leur poser des questions, mais encore d'imposer une candidature unique, peut offrir des dangers, par les raisons suivantes :

Cette assemblée préparatoire ne réunit jamais qu'une fraction des électeurs républicains, composée de ceux qui habitent dans le voisinage de la ville où elle se tient, dans les localités desservies par le chemin de fer, ou enfin, de ceux auxquels leur fortune et leurs loisirs permettent la perte de temps et d'argent occasionnée par le déplacement.

Il en résulte évidemment que la majorité est d'avance acquise à celui des candidats dont l'influence s'exerce précisément dans ce rayon du chef-lieu.

Le candidat imposé peut ainsi n'être pas celui qui possède les sympathies de la majorité de tous les électeurs, et, lorsque l'écart entre les voix républicaines et réactionnaires est peu considérable, le succès de l'élection peut être compromis.

 Les candidatures multiples, au contraire, n'offrent aucun inconvénient, *parce que la majorité absolue est nécessaire* AUX DEUX PREMIERS TOURS DE SCRUTIN. Ce qui veut dire que, *pour être élu*, LE CANDIDAT DOIT OBTENIR UNE VOIX DE PLUS QUE TOUS SES ADVERSAIRES RÉUNIS.

Je mets les points sur les *i*, parce que la grande indignation de certains électeurs, lorsque j'ai fait connaître mon vote pour M. Périvier m'a clairement démontré qu'ils ne comprenaient rien au mot de *majorité absolue* et à ses conséquences.

Ce n'est qu'au troisième tour que la majorité relative suffit, ce qui veut dire que le candidat qui obtient un plus grand nombre de voix que chacun de ses concurrents, pris séparément, est élu, quand bien même le chiffre de ses voix n'atteindrait ni la majorité des votants, ni le quart des inscrits.

C'est alors que la discipline la plus rigoureuse devient nécessaire, car la division pourrait amener la nomination du candidat réactionnaire, bien que la majorité des électeurs fût, en réalité, républicaine.

J'ajoute que l'on n'attend presque jamais ce troisième tour, et que, la première épreuve ayant suffisamment indiqué les préférences de la majorité des électeurs, tous, afin d'éviter les longueurs et les ennuis d'un troisième scrutin, doivent se rallier au candidat républicain qui a obtenu le plus grand nombre de suffrages au premier.

Il est bien entendu que je parle seulement des élections sénatoriales, et non des élections au suffrage universel, beaucoup plus exposées aux surprises.

Dans les élections sénatoriales, ces surprises ne sont pas possibles. Les électeurs ne sont pas des électeurs ordinaires. Délégués de leurs communes, ils ont, dans la presque totalité des

cas, reçu, moralement du moins, mandat impé-
ratif de voter *pour* ou *contre* le candidat républicain. Ce sont des hommes intelligents, instruits,
qui ont des idées très arrêtées, et dont pas un
ne se trompera sur la tactique à suivre.

Voilà pourquoi les candidatures multiples
n'offrent, au premier tour, aucun péril. Elles
présentent, de plus, le double avantage :

1° D'indiquer avec certitude le candidat le
plus sympathique ;

2° D'augmenter, quand la majorité est dou-
teuse, les chances du second tour de scrutin
d'où pourrait sortir la victoire.

C'est la tactique qui, aux dernières élections
sénatoriales, a prévalu partout où il existait, entre les divers candidats, des divergences profondes sur des questions de haute importance.
Est-il un département où le succès définitif du
parti républicain en ait été compromis ?

Le département de la Seine nous en a offert
un exemple d'autant plus remarquable que la
lutte se faisait, non entre deux opinions tran-
chées, comme République et Monarchie, mais
entre trois républicains, séparés seulement par
des nuances. — opportunisme ou autonomie
communale. Les chances étaient à peu près
égales. Les opportunistes avaient un seul candidat, les autonomistes en avaient deux au premier tour. Il y eut ballottage. Les opportunistes
allaient, à la seconde épreuve, avec une majo-

rité *relative* de 100 voix. Qui l'a emporté ? — Les autonomistes !

* *

Mais, me dit-on, chez nous, les électeurs sont moins avisés qu'à Paris. Non, messieurs ; il se peut que, pour les besoins de votre cause, vous n'hésitiez pas à décerner aux délégués poitevins un certificat d'ignorance et d'imbécillité, mais cela n'est pas vrai. Il y a trois ans, des candidatures multiples furent, dans ce département même, présentées au premier tour, par les conservateurs. Les républicains obtinrent, à cette première épreuve, 170 voix, avec 60 ou 80 voix de majorité sur chacun des conservateurs. Au deuxième tour, M. de Beauchamp se retira, et les candidats conservateurs l'emportèrent. Combien les républicains avaient-ils gagné de suffrages ? — PAS UN SEUL ! Est-ce assez clair ?

A moins, toutefois, que, toujours pour les besoins de leur thèse, mes contradicteurs ne veuillent dire que les délégués républicains sont plus bêtes que les délégués conservateurs. Ils me permettront de ne pas être de leur avis.

* *

Supposons donc, pour en revenir à l'élection présente, que la réunion préparatoire ait pris en égale considération les trois candidatures

républicaines de MM. Salomon, Thézard et Périvier, et que chacun ait été invité à voter, au
premier tour, pour le candidat qui avait ses préférences, avec cette condition rigoureuse que
tous reporteraient, au second tour, leurs voix sur
le plus favorisé des trois. M. de Beauchamp,
pour être élu, devant réunir un chiffre de voix
supérieur à celui des trois candidats républicains, est-il un homme, doué du plus simple
bon sens, qui oserait soutenir que la cause républicaine en pouvait être compromise et que ces
trois candidats républicains n'auraient pas ral-
lié autant de suffrages que M. Salomon, candidat unique ? En est-il un qui oserait affirmer
que, grâce aux sympathies personnelles qu'ils
pouvaient inspirer à des électeurs douteux,
MM. Thézard et Périvier n'auraient pas déplacé
les 16 voix nécessaires pour exiger un second
tour de scrutin ? En est-il un qui persisterait à
méconnaître que ces électeurs douteux, ayant
déjà voté une première fois contre M. de Beauchamp, auraient été, sans aucun doute, dispo-
sés, au second tour, à persister, surtout si le
candidat définitif eût été celui qu'ils avaient une
première fois choisi ?

Je laisse aux hommes que n'aveuglent ni la
passion ni le parti-pris le soin de se prononcer,
et j'examine, maintenant, la question à un point
de vue plus élevé et plus digne de républicains
animés véritablement de l'esprit politique.

*
* *

Dans tous les pays parlementaires, les élections se font sur les questions à l'ordre du jour. Quelqu'un prétendrait-il que la question à l'ordre du jour soit aujourd'hui la forme du gouvernement et que la République doive être prochainement discutée au Sénat ? Comment donc la réunion préparatoire n'a-t-elle exigé du candidat que la qualité de républicain ?

La question à l'ordre du jour, c'est le scrutin de liste, contre lequel M. Salomon s'est, il y a trois ans, formellement prononcé. J'ai interrogé, le 15 février, plus de 50 électeurs. Tous se sont déclarés partisans du scrutin de liste, et j'ai lieu de croire qu'il en était ainsi des trois quarts des délégués sénatoriaux de la Vienne. Eh bien ! chose incroyable, parmi les 165 électeurs de droit ou délégués présents à la réunion préparatoire, et dont quelques-uns se piquaient si haut, le 15 février, de connaître la politique républicaine et ses règles, *il ne s'en est pas trouvé un*, PAS UN SEUL, entendez-vous, pour demander à M. Salomon un engagement, ou, tout au moins, une explication sur ce point !

Le scrutin de liste voté, en 1881, par la Chambre des députés a été repoussé par le Sénat ; le énat va être de nouveau appelé à délibérer sur question ; nous avons à élire un sénateur ; s partisans du scrutin de liste forment la majorité des électeurs, et ils choisissent qui ? — Un député qui a voté contre le scrutin de liste !

Et ce député, lui-même, ne s'est pas cru obligé, dans sa profession de foi, de dire un mot sur ce sujet !

Bien que la République soit hors de toute discussion dans nos Chambres, bien qu'elle y dispose d'une majorité voisine de l'unanimité, M. Salomon est républicain ; cela suffit !

Et moi qui ai fait, il y a trois ans, une campagne ardente en faveur du scrutin de liste dans deux grands journaux républicains de Paris ; moi qui suis profondément convaincu que l'établissement du scrutin de liste peut seul relever la France républicaine de l'affaissement où la plonge chaque jour davantage le maintien du scrutin d'arrondissement, je n'aurais pas eu le droit de protester et de voter une première fois, quand cela ne pouvait en rien compromettre le succès de mon parti, pour un candidat aussi républicain que peut l'être M. Salomon, et qui, du moins, avait à mes yeux le mérite d'être d'accord avec moi sur cette question si importante du scrutin de liste ?

Eh bien ! je vais plus loin, et je dis à ces profonds politiques : « Cette question du scrutin de liste est pour moi si capitale, la considération de la République et son salut y sont tellement attachés que, si j'avais la certitude que son acceptation tînt à une ou deux voix dans le Sénat, et si j'avais à choisir entre *un républicain partisan du scrutin d'arrondissement*, et *un conservateur partisan du scrutin de liste*, j'avoue que je ne pourrais me défendre d'une certaine hésitation. »

Je me hâte de dire que je parle ici au point de vue purement théorique, car M. de Beauchamp est, tout comme M. Salomon, partisan du scrutin d'arrondissement, et l'un et l'autre ont, comme députés, déposé sur ce point, il y a quatre ans, un même bulletin dans la même urne. J'ai donné seulement cet argument pour mieux faire ressortir la justesse de ma thèse.

* * *

Je voudrais bien savoir ce que les grands directeurs de l'opinion publique, dans notre département, daignent aujourd'hui me permettre de dire et de faire ?

Nous avons à élire un sénateur. Trois candidatures sont mises en avant. Près d'un mois, avant les élections, je développe dans une circulaire les raisons qui me font rejeter la candidature de M. Salomon, accepter celle de M. Thézard et préférer celle de M. Périvier, et, aussitôt, c'est une avalanche d'imprécations : je ne suis qu'un fauteur de troubles et de divisions, et je dois être mis au ban de la démocratie poitevine !

Je l'ai communiquée, cette circulaire, à une foule d'hommes politiques de toutes les fractions du parti républicain, étrangers à notre département. Il n'en est pas un qui n'en ait approuvé et l'esprit et les termes, il n'en est pas un, lorsque j'ai parlé des clameurs qu'elle avait soulevées, qui ne m'ait accusé d'exagération. Il n'en est pas un qui ait voulu croire à un tel oubli, à un tel mépris des droits des citoyens.

Oh ! je sais bien qu'on a vite compris que ce terrain n'était pas bon et qu'on s'est hâté d'en changer à la première occasion qui s'est offerte. Mais, j'ai vu, je le déclare, non sans un profond sentiment d'amertume, quelques-uns de mes meilleurs amis, de mes parents même, pauvres dupes inconscientes des insinuations venimeuses discrètement lancées par les maîtres tartufes qui tiennent les fils de l'intrigue ourdie contre moi, accepter si facilement les plus stupides accusations, que je tiens à ne rien laisser dans l'ombre.

*
* *

Après ma lettre du 24 janvier, aux délégués, je n'ai plus écrit un mot sur l'élection. Je suis arrivé, le 14 février, au soir, à Poitiers, et n'ai pas vu d'autre électeur que mon père. Je lui ai expliqué les raisons de premier ordre qui ne nous permettaient pas de voter au premier tour pour M. Salomon et qui nous interdisaient, en même temps, de faire aucune propagande contre lui. Le lendemain, il était *onze heures pas-*

sées quand je suis sorti pour aller au palais.—J'ai voté, je crois, l'avant-dernier, et c'est seulement alors, c'est-à-dire quand l'élection était faite et que cela ne pouvait exercer aucune influence sur d'autres électeurs, que je déclarai à M. Salomon que j'avais voté pour M. Périvier, mais que cette protestation nécessaire étant faite, je lui donnerais mon suffrage au second tour, s'il avait lieu.

Je raconte cela, parce que je veux que chacun sache bien comment les choses se sont passées. J'ajoute que j'ai agi ainsi, parce que telle était ma volonté et ma conviction, et que je ne reconnais à personne, si ce n'est aux conseillers municipaux de ma commune qui m'ont délégué, le droit de m'adresser des observations et de me demander des explications que je ne me permets point de leur adresser sur leur propre conduite. Et je rappelle, à ce sujet, à quelques personnes qui l'oublient parfois, que je ne suis ni fonctionnaire, ni leur mandataire, et que je jouis, en conséquence, à leur égard, d'une indépendance absolue que je saurai défendre.

Ceci dit, pour bien établir la situation de chacun, je continue ma discussion pour la défense des vrais principes.

*
* *

Donc, avant le vote, je suis vilipendé pour avoir écrit ma circulaire, mais, aussitôt l'élection faite, et dès qu'on apprend de ma bouche même que j'ai voté pour M. Périvier, on veut bien ne plus parler de la circulaire, on la trouverait même légitime, presque dignes d'éloges, et c'est mon vote qui devient impardonnable. La réunion préparatoire avait prononcé, tous devaient s'incliner devant sa décision et j'ai gravement manqué à la discipline en refusant, même au premier tour, ma voix à M. Salomon. C'est admirable. Mais en vertu de quelle autorité suprême cette réunion préparatoire eût-elle donc enchaîné ma liberté ?

Il n'est pas inutile de faire connaître ici quel large esprit de tolérance et de libéralisme a présidé à l'organisation de cette réunion préparatoire.

Partout ailleurs, on a pensé avec raison que les suppléants pouvant être appelés à remplacer, au jour dè l'élection, les délégués titulaires, devaient être admis à entendre les explications et les déclarations des candidats, à leur poser même des questions, de façon à pouvoir voter, le cas échéant, en pleine connaissance de cause. C'est ainsi qu'à Paris, par exemple, tous les suppléants ont été admis aux réunions préparatoires, alors même que leurs délégués étaient présents. Mais à Poitiers, on a une façon particulière de comprendre et de respecter les droits des citoyens. Ne pouvant assister à la réunion, j'avais écrit à mon père — mon suppléant —

de me remplacer. Les deux autres délégués de ma commune, également empêchés, lui avaient donné la même mission. Mon père s'est présenté : la porte lui a été refusée !

On donne pour raison que la mesure prise contre mon père était une mesure générale. Il n'eût plus manqué, parbleu, qu'elle eût été appliquée à lui seul !

Et l'on ose prétendre que mon père et moi nous étions tenus de respecter aveuglément les résolutions prises en de telles conditions ?

*
* *

N'importe ! nous sommes coupables d'avoir manqué à la discipline !

La discipline ! je sais m'y conformer aussi bien que tous ceux qui m'y rappellent si bruyamment, à la condition qu'elle soit fondée sur la justice et la raison.

Mais la discipline ainsi comprise n'est plus que l'oppression des citoyens libres et indépendants par une coterie, et je le déclare hautement, si j'ai combattu pendant plus de vingt ans la candidature officielle sous l'Empire et les hommes du 16 Mai, ce n'est pas pour la subir aujourd'hui sous la République, quand on veut l'imposer sous une autre forme.

Le plus curieux en cette étonnante affaire, c'est que j'ai indiqué les mesures à prendre, selon moi, pour obtenir la victoire ; j'ai dit ce qu'il fallait ne pas faire pour n'être pas battu. On a fait le contraire, on a été battu, et c'est moi que l'on veut rendre responsable !

Le procédé est habile, mais je ne suis pas d'humeur à le laisser passer.

*
* *

On a beaucoup parlé de division le 15 février. C'est un peu se moquer du monde quand sur **332** suffrages républicains exprimés, M. Salomon en a obtenu **329** ?

Hélas ! ce n'est pas de division qu'il s'agit, mais de *désaffection*, ce qui est bien plus grave.

Les personnages qui dirigent les affaires dans notre département s'imaginaient-ils donc que, pour satisfaire leurs rancunes passionnées et leurs ambitions jamais assouvies, ils pouvaient impunément abreuver d'injustices, d'outrages, de calomnies, les plus vieux républicains du département ?

Croyaient-ils vraiment qu'en présence d'un tel spectacle, les convictions nouvelles et encore mal affermies d'une foule de citoyens venus par raison à la République n'en seraient pas ébranlées ?

Et, quand le seul membre de ma famille qui occupait sous la République les modestes fonctions de sous-préfet s'est vu obligé, par les procédés inqualifiables d'un chef affolé, de donner sa démission, ils voudraient encore faire de moi le bouc émissaire de toutes les fautes qu'ils ne cessent de commettre !

Non, non, messieurs, la mesure est comble. Il est temps de régler nos comptes et de mettre un terme à l'odieuse campagne dirigée contre moi et les miens depuis bientôt quatre ans. De ces vieux républicains honnis, bafoués, jetés par dessus bord, chacun, selon son tempérament, trace sa ligne de conduite. Les uns, le cœur ulcéré, se retirent de la vie politique et se renferment dans une abstention systématique. D'autres — et je suis de ceux-là — mieux trempés pour la lutte et auxquels la bataille ne fait pas peur, se révoltent et, après avoir combattu pour la République contre ses adversaires naturels, n'hésitent pas à lutter encore pour l'arracher aux mains infidèles ou maladroites qui la compromettent et qui la perdent.

Si mes adversaires se sentent, une fois par hasard, le courage de m'accuser en face, qu'ils viennent donc avec moi devant le peuple, notre juge à tous.

Ils ont pour eux la force, le pouvoir, un terrain savamment et de longue main préparé, les sourdes menées, les calomnies sans nom, l'absence de tout scrupule.

Je n'ai que ma plume et la vérité.

Ma pauvre vieille plume ! Depuis longtemps tu reposais silencieuse en attendant de nouveaux jours de lutte. Ces jours sont venus, mais la campagne ne sera pas sans amertume. Jusque-là, exclusivement consacrée à la défense de la cause républicaine, il faut maintenant venger l'honneur de ton vieux maître attaqué par ceux-là mêmes dont tu as préparé l'élévation et la fortune.

Que la responsabilité tout entière en retombe sur les tristes personnages qui m'ont provoqué et que, dès aujourd'hui, chacun reprenne le rôle qui lui convient. La sellette de l'accusé est faite pour les coupables, et c'est moi qui accuse.

SECONDE PARTIE

A mes vieux lecteurs de la Vienne.

Il y a bien longtemps, mes amis, que je n'ai causé avec vous, et je reprends mes entretiens par une très ancienne histoire.

Ceci se passait, il y a dix-neuf cents ans, du temps de Jésus-Christ, sous l'empereur romain Auguste. Cet empereur, avant de monter sur le trône, s'était montré, sous le nom d'Octave, un fort méchant homme. Contrairement à la plupart des princes qui, tant qu'ils sont de simples prétendants, affichent les plus beaux sentiments et les oublient dès qu'ils sont au pouvoir, Auguste s'attacha, sur le trône, à faire oublier les méfaits d'Octave. Il attira à sa cour les poètes et les artistes et les combla de ses faveurs. Son règne en reçut un éclat extraordinaire et, pour lui témoigner sa reconnaissance, le plus illustre des poètes latins, Virgile, lui adressa, un jour, en deux superbes vers, le plus magnifique éloge. Ces deux vers n'étaient pas signés. Auguste, émerveillé et ravi, pria l'auteur de se faire connaître, mais Virgile continua à se taire. Et comme l'empereur insistait, promettant au poète les plus belles récompenses, un de ces parasites sans pudeur toujours prêts à dépouiller autrui du fruit de ses œuvres, encouragé par le silence obstiné de Virgile, se présenta.

Auguste combla l'imposteur de richesses et d'honneurs. Mais, quelques jours après, l'empereur recevait un billet contenant les mots suivants :

SIC VOS NON VOBIS

SIC VOS NON VOBIS

SIC VOS NON VOBIS

SIC VOS NON VOBIS

avec prière d'en faire compléter le sens en quatre vers latins par celui qui s'était attribué le mérite de l'éloge qui lui avait été adressé.

Le fourbe dut confesser son impuissance, et Virgile acheva ainsi son quatrain :

Sic vos non vobis mellificatis apes
Sic vos non vobis vellera fertis oves
Sic vos non vobis nidificatis aves
Sic vos non vobis fertis aratra boves

Ce qui signifie, en français :

Ainsi abeilles, vous faites un miel *qui n'est pas pour vous.*

Ainsi brebis, vous portez une toison *qui n'est pas pour vous.*

Ainsi oiseaux, vous faites des nids *qui ne sont pas pour vous.*

Ainsi bœufs, vous traînez la charrue, *et ce n'est pas pour vous.*

Je vous dis, mes amis, que cela se passait il y a dix-neuf cents ans. Eh bien ! de notre temps, rien n'est changé. Le monde est toujours le même. Les frelons mangent toujours le miel des abeilles, les moutons sont toujours tondus, le bœuf traîne toujours la charrue pour ses maîtres et les parasites vivent toujours aux dépens des travailleurs.

J'ai traîné aussi, moi, la charrue dans le champ de la République. J'ai creusé mon sillon, j'ai semé le grain. Puis, quand le grain a été mûr, les autres l'ont mangé, et voyant que je me laissais dépouiller sans me plaindre, ils m'ont frappé de l'aiguillon....

Mon histoire est celle du peuple, la vôtre.

Mais un jour vient où, si patient qu'il soit, le bœuf populaire s'indigne et se révolte sous les coups immérités. Et, ce jour là, malheur aux imprudents qui ont odieusement abusé d'un pouvoir qu'ils croyaient sans limites.

C'est ainsi qu'en 1789, le bœuf, poussé à bout par dix siècles de la plus dure servitude, se redressa, et se ruant, tête baissée, sur ses oppresseurs, éventra de ses cornes puissantes et broya sous ses lourds sabots les rois et leurs complices.

Après quoi, sa vengeance accomplie et sa colère satisfaite, le bœuf, tranquillement, se remit à la charrue et continua à creuser son sillon . . . .
. . . .
. . . .

I

C'est en 1881, au mois d'août, que j'écrivis mes dernières lettres aux citoyens de la Vienne. Laissant en suspens mes affaires les plus pressantes, j'étais venu m'installer, durant trois semaines, à Poitiers, pour défendre, dans l'*Avenir de la Vienne*, les candidatures républicaines.

Quelques personnes s'étonnèrent alors que mon nom ne figurât pas parmi ces candidatures. Peut-être y avais-je quelques droits. Je me retirai volontairement, afin de ne pas diviser le parti dans un arrondissement où l'union la plus complète de toutes les voix républicaines ne devait même pas suffire à assurer la victoire.

Mais, quelle que pût être ma déception secrète, je demande à tous ceux qui ont gardé le souvenir de ma campagne électorale, si j'en laissai rien paraître, et si j'allai au combat comme un chien qu'on fouette. Mes lettres sont à la collection de l'*Avenir*, qu'on les lise et qu'on vienne dire si j'ai jamais pris une part plus ardente et plus désintéressée à une lutte électorale quelconque.

*
* *

La bataille fut chaude et le résultat satisfaisant. Le parti républicain comptait désormais trois députés, au lieu de deux, et, dans les arrondissements où nous avions été vaincus, nous

gagnions cependant assez de voix pour assurer
à la cause républicaine, dans l'ensemble du
département, une majorité de trois ou quatre
mille voix.

Mais ce qui était bien plus important que le
succès relatif remporté dans la Vienne, c'était
l'immense acclamation dont la France entière
avait salué la République. Sur 550 députés, les
monarchistes de toutes sortes, légitimistes,
orléanistes ou bonapartistes, n'avaient pas obtenu même cent sièges — à peine le sixième !

Gambetta, le grand patriote, le profond politique à jamais regretté, caractérisa d'un mot la
situation nouvelle :

« *Le temps des dangers est passé, l'ère des difficultés commence.* »

Gambetta connaissait les hommes. Il savait
que l'union, la confraternité, la discipline admi-
rables qui avaient assuré le triomphe des républicains, ne résisteraient point à la possession
démoralisatrice du pouvoir. Il prévoyait les
convoitises, les rivalités, les rancunes, les
haines locales auxquelles allait donner lieu le
grand partage des places et des honneurs, et il
disait : » Attention, mes amis, nous n'avons
plus d'autres ennemis que nous-mêmes. L'ère
des difficultés commence, surveillons-nous et
sachons nous gouverner. »

Quant à moi, j'estimai que, la bataille contre
les adversaires naturels de la République ayant

pris fin, mon rôle politique était terminé. Il y a, voyez-vous, mes amis, des gens dont le lot, en ce monde, est uniquement de se battre, de se tenir toujours à l'avant-garde, de donner et recevoir les coups. D'autres, mieux partagés, ou plus habiles, se contentent de suivre, à distance respectueuse, toutes les péripéties de la bataille, se réservant de passer aux premiers rangs, dès que la victoire se dessine, et qu'il s'agit d'en recueillir les fruits.

Je suis des premiers, et, n'ayant plus de combats à livrer, il ne me restait qu'à prendre ma retraite, à déposer la plume guerroyante de Jacquillou et à me consacrer à des études plus tranquilles.

L'occupation ne me manquait point. A la suite de circonstances sur lesquelles je reviendrai plus tard, des spéculations financières insuffisamment étudiées, et, par surcroît de malheur, aussi mal servies que possible par les événements, avaient fait une large brèche à ma fortune. La République, désormais hors de cause, n'ayant plus besoin de mes services, je résolus de consacrer tout mon temps à réparer mes pertes et à finir par où j'aurais dû commencer, c'est-à-dire à étudier très sérieusement les affaires dans lesquelles je m'étais engagé, sans les suffisamment connaître.

Voilà comment, depuis trois ans, je me suis à peu près exclusivement livré à l'étude des questions économiques et financières, publiant périodiquement une brochure, tantôt sur la crise agricole, tantôt sur les chemins de fer, ou sur la Compagnie du gaz et ses démêlés avec la Ville de Paris, ou sur le Canal de Panama....

En même temps, pour me reposer de cette aride et fatigante besogne, dès qu'il me restait quelques loisirs, je les employais à rassembler en un livre mes souvenirs de chasse et les observations que j'avais pu faire sur les animaux pendant les quarante années que j'ai passées au milieu des champs et des bois.

Et là, aux mille bruits de la grande ville, dans l'une de ces petites chambres du vieux Paris où jamais ne pénètre un rayon de soleil, fermant les yeux, je me transportais, par la pensée, dans les landes ensoleillées et dans les grands bois solitaires, et je revivais les temps heureux et regrettés de ma jeunesse.

. . . .

Tout entier à ces travaux qui ne pouvaient porter ombrage à personne, je croyais, je l'avoue, que mes anciens compagnons de lutte du département de la Vienne me sauraient quelque gré de leur laisser ainsi le champ entièrement libre en renonçant, au lendemain de la victoire, à la part de récompense à laquelle j'avais, je suppose, autant de droits qu'aucun d'entre eux.

Je m'étais trompé. J'appris, un jour, que, redoutant sans doute que mon désintéressement ne fût pas de longue durée et que je ne redevinsse, à un certain moment, un compétiteur gênant, on s'attachait à me discréditer, à tout jamais, dans l'esprit des électeurs de la Vienne.

On exploita d'abord les pertes que j'avais subies, insinuant que, dans mes spéculations financières, je compromettais mon parti. Mais, bientôt, on ne s'arrêta pas là, et je fus accusé sourdement de trahir la République elle-même.

Oui, mes amis, Jacquillou qui, dans la grande lutte, la lutte suprême entre les hommes du 16 Mai et la République, a subi à lui seul plus de procès que tous les autres candidats républicains réunis, Jacquillou, qui n'a jamais écrit une ligne, un mot qui ne fut consacré à défendre et à glorifier la République, Jacquillou était accusé de trahison !

Et pourquoi ?

Parce que, fidèle à la doctrine traditionnelle du parti républicain, j'avais défendu à Paris, dans l'*Indépendant*, alors dirigé par M. Naquet, et dans le plus important des journaux républicains, le *Temps*, LE SCRUTIN DE LISTE !

Or, en ce qui concernait spécialement le département de la Vienne, le scrutin de liste pouvait, il est vrai, assurer à tous les arrondissements une représentation républicaine, mais il exposait en même temps — crime impardonnable — la première circonscription de Poitiers et l'arrondissement de Châtellerault à perdre leurs députés !

Et pourquoi encore ?

Parce que, après avoir soutenu de toutes mes forces, aux élections du 21 août 1881, les candidatures républicaines, je ne crus point devoir, séparant le suffrage universel de la République, appuyer, un mois après, la campagne d'invalidation menée contre les trois députés réactionnaires élus.

Voilà, mes amis, pourquoi Jacquillou est un traître.

J'y reviendrai sur cette question du scrutin de liste, et j'y reviendrai aussi sur cette campagne d'invalidation. Je montrerai ce que le scrutin d'arrondissement a coûté à la République et tout particulièrement dans notre département. Je montrerai quelle funeste influence a exercée l'enquête des trois députés réactionnaires de notre département sur les élections sénatoriales qui eurent lieu à la même époque.

Ceux qui ne seront pas de mon avis pourront me répondre, et l'on verra lesquels trahissaient alors, par sottise ou autrement, les intérêts de la République, de Jacquillou ou de ceux qui l'accusent.

*
* *

Lorsque des amis, venus du pays à Paris, me racontèrent ces choses, je haussai les épaules. Ma vie ne s'était-elle pas tout entière écoulée au grand jour ? Qu'avais-je à craindre de ce travail de taupes ? Et puis, que m'importait ! Je ne demandais rien à personne : rien au pouvoir, rien au peuple. L'estime de mes concitoyens était la seule chose qui me tint au cœur. Mais si l'opinion publique était à ce point inconsistante que la calomnie la plus misérable et la plus invraisemblable, honteusement insinuée, pût faire oublier vingt ans de dévouement absolu à la République, une popularité si vaine et si fragile valait-elle donc qu'on fît le moindre effort pour la retenir ?

Je ne pouvais me défendre, d'ailleurs, sans accuser à mon tour. Etions-nous donc assez forts, dans la Vienne, pour qu'il nous fût permis de compromettre, en étalant ainsi nos divisions, une majorité si faible encore et si hésitante ? Non, non, je ne voulais point sacrifier l'intérêt de la cause républicaine à la tentation, si grande qu'elle fût, de me venger des mauvais procédés dont j'avais à souffrir.

Et, pendant quatre ans, j'ai rongé mon frein en silence, laissant le champ entièrement libre à des adversaires dont les coups m'étaient d'autant plus sensibles que je les avais longtemps tenus pour des amis.

La calomnie continua son œuvre.

Oh ! la calomnie !

Je n'oublierai jamais quelle impression pro-

fonde de terreur et de répulsion j'éprouvai, lorsque, pour la première fois, j'entendis au théâtre
l'infâme Basile, dans le *Barbier de Séville*, deve-
lopper devant le vieux Bartolo, épris de sa pu-
pille et désireux de se débarrasser du comte
Almaviva dont il était jaloux, les effets terribles
et toujours sûrs de la calomnie.

Je le vois toujours, ce long, pâle et sinistre
Basile, serré dans sa soutane, enveloppé dans
son large et lugubre manteau, abrité sous les
ailes immenses de son chapeau de moine, et
j'entends toujours sa voix sépulcrale de basse
profonde, d'abord humble, voilée, s'enfler, s'enfler progressivement pour éclater enfin tonnante
et terrible.

> C'est d'abord rumeur légère
>> Petit vent
> Rasant la terre
>> Puis doucement
> Vous voyez calomnie
> Se dresser, s'enfler, s'enfler en grandissant.
>> Fiez-vous à la maligne envie
>> Ses traits lancés adroitement
> Piano, piano, piano, par un léger murmure,
> D'absurdes fictions font plus d'une blessure
>> Et portent dans les cœurs
>> Le feu de leurs poisons.
> Le mal est fait ! Il chemine, il s'avance,
> De bouche en bouche il est porté
>> Puis, *rinforsand* il s'élance
>> C'est un prodige en vérité.
>> Mais enfin rien ne l'arrête
>> C'est la foudre, la tempête,

Un crescendo public, un vacarme infernal.
Elle s'élance, tourbillonne
Etend son vol, éclate et tonne.

Et il fallait entendre alors la voix de tonnerre du grand Lablache, se faisant en même temps, de ses longs bras étendus sous son manteau, des ailes de chauve-souris ou de vampire !

Et de haine aussitôt un chorus général
De la proscription a donné le signal
Et l'on voit le pauvre diable
Menacé comme un coupable
Sous cette arme redoutable
Tomber terrassé.

.   .   .   .

.   .   .   .

Petit vent d'abord, rumeur légère, la calomnie a bien commencé ainsi son œuvre contre moi. Puis elle s'est enflée, ne s'est plus attaquée à moi seulement, mais à toute ma famille, et, ne trouvant plus rien qui l'arrêtât, je l'ai vue récemment s'élancer, tourbillonner, étendre son vol, éclater, tonner et, dans un chorus général, donner le signal de haine et de proscription.

Il s'agit aujourd'hui de ce que j'ai de plus cher au monde, mon honneur et ma famille. Le silence ne m'est plus permis.

Quant aux conséquences qui pourront s'en suivre, mes concitoyens diront si la responsabilité doit en revenir à ceux qui ont fait le mal ou à ceux qui le subissent, à ceux qui ont attaqué et provoqué ou à ceux qui ne font que se défendre et riposter.

Je me charge de fournir tous les éléments du procès et de faire pleine et éclatante lumière.

Tous les mois je publierai une « LETTRE D'UN VIEUX PAYSAN RÉPUBLICAIN. »

Ces lettres seront, comme la présente, divisées en deux parties.

Dans la première, je traiterai l'une des questions à l'ordre du jour ; dans la seconde, je ferai l'histoire politique du département de la Vienne depuis dix ans.

La première partie de ma prochaine lettre sera consacrée à la crise agricole ; la seconde aux « Mémoires » de :

JACQUILLOU.

5 mars 1885.

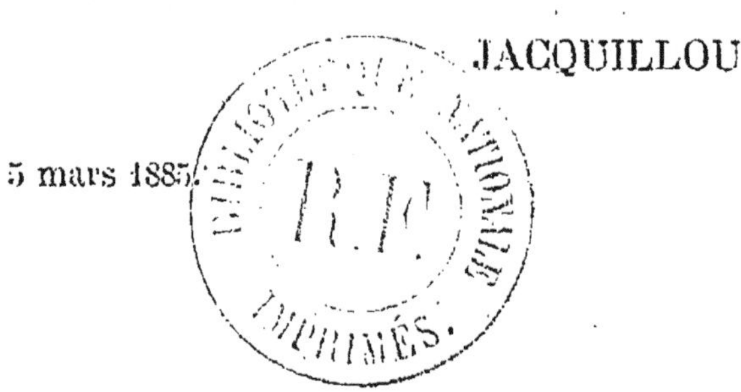

Paris. — Imprimerie C. PARISET, 101, rue de Richelieu.